MIX

Papier aus ver-
antwortungsvollen
Quellen
Paper from
responsible sources

FSC® C105338

AF195847

Das Buch

In einem Intercity zwischen Köln und Frankfurt entstand die Idee zu diesem Buch. Nach den Vorstellungen ihres Sohnes David brachte Britta Heinrichs die modernisierte Handlung einer alten Novelle zu Papier.

Ali Günay, arbeitsloser Imbissverkäufer aus Offenbach, wird durch einen Zufall für einen Sternekoch gehalten, erhält Zugang zu den besseren Kreisen in Frankfurt und verliebt sich ausgerechnet in die Tochter des Bürgermeisters. Kann das auf Dauer gutgehen?

Die Autoren

Britta Heinrichs hat bereits mehrere Bücher und Kurzgeschichten veröffentlicht. Dies ist das erste Werk, welches in Zusammenarbeit mit ihrem Sohn David Heinrichs entstanden ist.

Anregungen von Dilara Kanat, einer Mitschülerin, sind ebenfalls mit eingeflossen – hierfür vielen Dank.

Ein weiteres Dankeschön geht an Yeşım Newiadomsky für den Einblick in ihre Muttersprache.

Kirsten Schwarz danke ich fürs Korrekturlesen.

Britta Heinrichs
David Heinrichs

Kleider machen Leute, schwör!

Novelle reloaded

Die Handlung sowie alle handelnden Personen sind frei erfunden. Jegliche Ähnlichkeiten mit realen Personen wären rein zufällig.

Impressum

Herstellung und Verlag: Books on Demand GmbH, Norderstedt

Lektorat: Renate Krohn
Coverfoto: Emanuele Negro / aus Privatarchiv

© 2014 Britta Heinrichs
www.britta-heinrichs.de

ISBN 978-3-7347-3925-5

Inhalt

Auf der Straße	7
Im Hotel „Hessischer Hof"	9
Das Festessen	13
In besseren Kreisen	16
Maike, die Tochter des Bürgermeisters	18
Frankfurt am Main	22
Ein schönes Paar	31
Im Stadion	34
Blamage	37
Alis Flucht	40
Die Aussprache	43
Maike und Ali	46
Happy End	47
Wörterbuch	48

„Das Menschenleben ist eine ständige Schule."

Gottfried Keller

Auf der Straße

An einem regnerischen und kalten Novembertag wanderte ein türkischer Imbissverkäufer einige Kilometer von Offenbach in Richtung Frankfurt; der großen Stadt, welche als die europäische Bankenmetropole gilt. Der Imbissverkäufer trug in der Reisetasche neben seinen persönlichen Sachen, Kleidung und Papieren ein kleines, silberfarbenes Döschen mit einer orientalischen Gewürzmischung. Dies war sein ganzer Besitz. Denn er hatte aufgrund der Insolvenz eines Offenbacher Imbissbudenbesitzers seinen Job und deshalb auch seine Wohnung verloren. Nun wollte er nach Frankfurt gehen, und sich beim dortigen Jobcenter melden, um neue Arbeit zu finden.

Ali war inzwischen hungrig, denn außer einen Hamburger bei McDonalds, bezahlt mit seinem letzten Euro, hatte er noch nichts gegessen. Er wollte gar nicht darüber nachdenken, wie er an eine vernünftige Mahlzeit kommen sollte. Betteln ging gar nicht, weil er über seinem schwarzen Dolce & Gabbana-Hemd eine warme, dunkelgraue Hilfiger-Daunenjacke mit echtem Fell an der Kapuze trug, die ihn cool und stylisch aussehen ließ. Sein kurzer, schwarzer Undercut und sein schmales Bärtchen waren sorgfältig gepflegt. Dazu erfreute er sich gebräunter, markanter Gesichtszüge.

Seine hochwertige Kleidung und das Styling waren ihm sehr wichtig, auch wenn er nur ein einfacher Arbeiter ohne richtige Ausbildung war. Ali hatte immer gerne im Dönerimbiss gearbeitet. Doch lieber wäre er verhungert, als sich von seiner Designer-Jacke und dem dazu passenden, weichen Kaschmirschal zu trennen, die ihm so gut standen.

Sein Weg führte ihn nun nach Frankfurt, wo die Leute so weltmännisch auftraten, und er hoffte, dort in einer der zahlreichen Imbissbuden oder Schnellrestaurants einen Job zu finden und nochmal ganz neu anzufangen. Wenn ihm unterwegs jemand begegnete und ihn interessiert ansah, senkte er schüchtern den Blick. Sein Magen knurrte und Ali zweifelte bereits, ob es wohl die richtige Entscheidung gewesen war, einfach alles hinter sich zu lassen.

Er zog die Kapuze seiner Jacke tiefer ins Gesicht, denn der Regen kam inzwischen von allen Seiten.

Im Hotel „Hessischer Hof"

Erschöpft und mutlos bog Ali Günay in die Hanauer Landstraße ein, als neben ihm ein weißer BMW 114i hielt mit der markanten Aufschrift: „Spiegel TV - *Ein Sternekoch reist durch Deutschland"*. Der Fahrer ließ das Fenster herab, beugte sich über den Beifahrersitz und winkte ihn zu sich.

„Hey, Bruder, soll ich dich mitnehmen? Du siehst fix und fertig aus." Gerade mischte sich in den Regen auch noch eisiger Hagel. Der Imbissverkäufer nickte müde.

„Danke, mein Freund, das wäre nett. Ich will nach Frankfurt rein. Seit Stunden bin ich zu Fuß unterwegs." Der türkische Chauffeur nickte.

„Setz dich nach hinten, *arkadaş*. Ich fahre zum Hessischen Hof, da kann ich dich rauslassen." Der Fahrer hatte mit einem Blick gesehen, dass ein Landsmann seine Hilfe gut gebrauchen konnte. *„Adın ne?"*

„Mein Name ist Ali."

„Benim adım Erol. Ich muss in Frankfurt den berühmten Koch Alfred Friedrich abholen und für die Aufzeich-

nung einer Fernsehsendung nach München bringen. Genieße die Fahrt, denn wir sind gleich da."

Mit leisem und doch sattem Motorengeräusch rollte die Limousine rasch mit ihnen davon, um schon kurz darauf vor dem Portal des Hotels zum Stehen zu kommen. Ein Portier lief herbei, öffnete die hintere Wagentür und ließ den verdutzten Imbissverkäufer aussteigen. Sofort umringten ihn einige Fotografen, die sich vor dem Gebäude aufhielten.

Offenbar fand dort eine wichtige Veranstaltung statt. Ein roter Teppich führte die Stufen hinauf zum imposanten Eingang. Der Portier zog Ali schnell von der ihn umringenden Meute weg, bugsierte ihn ins Hotel hinein und nahm ihm Jacke und Tasche ab. Hier standen im edel dekorierten Foyer zahlreiche schick gekleidete Menschen an Stehtischen und tranken Champagner, der ihnen von Kellnern in steifen, weißen Hemden und dunkelroten Schürzen lächelnd nachgeschenkt wurde. Im erleuchteten Ballsaal spielte eine Jazzband, was so gar nicht sein Fall war, doch im hinteren Teil des Raumes war ein Buffet aufgebaut, von dessen Vielfalt der junge Mann sonst nur träumen konnte. Ali lief das Wasser im Mund zusammen.

Unschlüssig stand er inmitten dieser Gesellschaft, die ihn neugierig musterte. Um sich an etwas festhalten zu können und nicht ganz wie ein ahnungsloser Trottel herumzustehen, nahm er das ihm angebotene Glas mit kühlem Champagner. Inzwischen war auch sein Fahrer Erol in der Hotelhalle angekommen.

„Wen hast du denn da mitgebracht?", fragte ihn der Empfangschef auf Türkisch.

„Hat er es noch nicht selbst gesagt?"

„Nein", hieß es, und der Chauffeur erwiderte:

„Ach, den habe ich unterwegs aufgelesen. Ein armer Landsmann, Ali, der zu Fuß auf dem Weg in die Stadt war, um hier sein Glück zu finden." Der Empfangschef lächelte.

„Wir haben an diesem Wochenende eine geschlossene Gesellschaft, da fällt er gar nicht auf. Mal sehen, was wir für ihn tun können, *arkadaş*."

Mit einem Augenzwinkern drückte er dem Chauffeur eine Schlüsselkarte in die Hand und wies den Portier an, die Reisetasche und die Jacke des jungen Mannes in das entsprechende Zimmer zu bringen.

Der Chauffeur begab sich zu dem jungen Türken, der gerade ebenfalls von einem der neugierigen Reporter angesteuert wurde, zwinkerte ihm zu und sagte laut:

"Ihr Zimmerschlüssel, Herr Sternekoch. Ihr Gepäck wurde bereits hinaufgebracht. Genießen Sie Ihren Aufenthalt ... *arkadaşım*." Dann drückte er ihm den Schlüssel in die Hand, den der Imbissverkäufer schweigend annahm. Er hätte jetzt einfach dankend ablehnen und gehen sollen. Doch ihm fehlten die Worte.

Nicht aber den umstehenden Partygästen. „Hast du gehört? Das muss Ali Güngörmüş sein, der Sternekoch aus Hamburg." – „Schau mal, ist das nicht der Güngörmüş? Der war doch gestern noch im Fernsehen." So ging ein Raunen durch den Saal.

Das Festessen

Ein Reporter nahm den Faden auf und hielt dem schüchternen, jungen Mann sein Diktiergerät vor das Gesicht:

„Herr Güngörmüş, was führt Sie heute hierher nach Frankfurt?" Ali blickte überrascht auf. Sein tatsächlicher Name war Günay. Was hatte dieser Reporter gesagt? Wer war dieser Güngörmüş?

„Äh, ja ... nennen Sie mich einfach Ali Günay ..." Ehe der Reporter weitere Fragen stellen konnte, wurde Ali von ihm weggezogen. Ein feiner Herr im grauen Anzug lächelte ihn an, legte ihm den Arm um die Schultern und wandte sich dann an den lästigen Interviewer:

„Herr Günay hat momentan keine Zeit für Sie, ich bitte um Verständnis." Der Herr bot ihm einen freien Stuhl an einem der eingedeckten Tische im Saal an und stellte sich als Peter Feldmann vor; Bürgermeister der Stadt Frankfurt.

„Diese lästigen Typen gönnen einem ja nicht mal ein ruhiges Abendessen. Haben Sie schon gegessen? Das

Buffet ist vorzüglich, aber was sage ich Ihnen, das können Sie sicher besser beurteilen als wir."

Er lachte in die Runde und winkte einen der Kellner zu sich.

„Bitte stellen Sie meinem jungen Freund eine Auswahl vom Buffet zusammen. Aber Vorsicht: Er ist ein Sternekoch."

Wieder lachte er und die anderen am Tisch sitzenden Damen und Herren stimmten mit ein.

„Darf ich vorstellen: Das ist Ali Günay, Sternekoch aus Hamburg." Ali stimmte einen leisen Protest an, wurde jedoch direkt mit Worten bombardiert:

„Da sind wir gespannt, wie Ihnen die Forellenterrine schmeckt. Wir einigten uns gerade darauf, dass der Koch wohl unsagbar verliebt sein muss und würden gerne einen Blick auf die Angebetete werfen."

So ging die Unterhaltung am Tisch lebhaft weiter. Ali kam kaum zu Wort, was ihm auch nicht unrecht war. Nach zwei Gläsern Wein wurde er munterer und auch seine Füße taten ihm nicht mehr so weh, nachdem er eine Weile gesessen hatte.

Als der Hauptgang aufgetragen wurde, fand er die Portion recht übersichtlich, doch er hatte riesigen Hunger und freute sich über jeden Bissen. Das Kalbsfilet schmeckte etwas fade und verstohlen nahm er seine Gewürzdose aus der Tasche, um mit der Spezial-Gewürzmischung seiner Mutter ein wenig mehr Geschmack an die Speise zu bringen.

Seine Tischnachbarn wurden dennoch aufmerksam und baten ihn, ihnen ebenfalls das Fleisch nachzuwürzen. Sie fanden gar nicht genug des Lobes für diese exzellente Idee und waren absolut davon überzeugt, mit einem berühmten Sternekoch zu speisen. Ali dachte bei sich, dass er, bevor die ganze Sache aufflog, wenigstens noch das gute Abendessen rausschlagen und dann verschwinden könne.

Das Dessertbuffet war ein Traum und er nahm sich von jeder Sorte ein winziges Häppchen, um keines dieser Geschmackserlebnisse zu verpassen. So machten sie es auch zuhause in der Türkei, dachte er wehmütig.

Die Tischgesellschaft tat es ihm gleich und ließ ihn am Ende für alle den Digestif aussuchen. Er wählte das türkische Nationalgetränk *Rakı*, ein Schnaps mit dem

Geschmack von Anis und bestellte diesen mit Eiswasser, was dem Getränk die typisch milchige Farbe verlieh.

Der Bürgermeister war stolz, einen bekannten Sternekoch zufrieden bei Tisch zu sehen.

In besseren Kreisen

Inzwischen war die Tafel aufgehoben und einige der Herren begaben sich in die Raucherlounge im Foyer, um dort einen Espresso zu trinken und eine Zigarette zu rauchen. Ali konnte nicht anders, als sich der Gruppe anzuschließen. Es mussten wichtige Leute sein, denn sie waren allesamt gut gekleidet und drückten sich viel zu gebildet aus. Doch sie nahmen ihn freundlich in ihre Mitte und erzählten ihm von den exquisiten Gerichten, die ihnen irgendwo schon einmal serviert wurden.

Es gesellten sich drei weitere Herren hinzu; unter ihnen Gottfried Keller, der Leiter einer Bankfiliale in der Stadt. Also – *dieser Typ* sollte ein Sternekoch sein? Den Wagen mit der entsprechenden Aufschrift hatten sie freilich durch die Fenster der Hotelhalle gesehen; es gab keinen Zweifel.

Bald saßen alle in großer Runde und boten sich gegenseitig Zigaretten, Zigarren und Pfeifentabak an. Sogar welcher aus Smyrna, einer Stadt in seinem Heimatland war dabei. Ali Günay lächelte viel, sagte wenig und war bald in feine Duftwolken gehüllt, die grau durch den Raum schwebten. Die Herren unterhielten sich über Gott und die Welt; einzig Gottfried musterte Ali schweigend und auffallend kritisch. *Fehlte nur noch, dass wir wegen dieses Türken alle im Kreis auf dem Boden sitzen.*

Bevor die Gesellschaft sich langsam zerstreute, lud man ihn höflich ein, am nächsten Morgen gemeinsam eine Stadtrundfahrt zu unternehmen, um die Gegend etwas kennen zu lernen. Ali überlegte schnell, dass er sich bei dieser Gelegenheit am besten unbemerkt entfernen und eine preiswerte Unterkunft suchen könne. Er nahm daher die Einladung mit einigen höflichen Worten an und begab sich zu seinem Zimmer, um wenigstens eine Nacht in einem bequemen Bett zu schlafen und am Morgen eine erfrischende Dusche nehmen zu können. Ein herzhaftes, ausgiebiges Frühstück sollte auch noch herausspringen.

Bevor er einschlief, dankte er im Stillen dem Chauffeur sowie dem Empfangschef für deren Freundlichkeit.

Maike, die Tochter des Bürgermeisters

Am nächsten Morgen hielt Ali den rechten Zeitpunkt für einen geräuschlosen Abschied für gekommen. Er duschte ausgiebig und benutzte dazu die duftenden Badezusätze, die im Bad bereitstanden und trocknete sich mit dem flauschigen, weißen Handtuch ab. Dann kleidete er sich sorgfältig an und schlüpfte in seine Daunenjacke. Ali hatte sich am Empfang vergewissert, dass er für die Übernachtung nichts zu zahlen brauchte. Dankbar schüttelte er dem Rezeptionsmitarbeiter die Hand.

Nach einem ausgiebigen Frühstück ging er durch das Portal und stieg die Treppe hinab, um den Weg auszukundschaften, den er einschlagen wollte. Er wirkte sehr attraktiv in seiner Schüchternheit und seine dunklen Augen blickten wehmütig zurück auf das imposante Hotelgebäude. Gerade, als er den Parkplatz überqueren wollte, trat ihm plötzlich der Bürgermeister mit einer jungen Frau entgegen. Elegant und modisch gekleidet trug sie zum dezenten, grauen Kaschmir-Mantel einen auffallenden, farblich passenden Louis-Vuitton-Schal.

„Wir sind auf der Suche nach Ihnen, lieber Freund", rief der Bürgermeister, „um Sie zu der Stadtrundfahrt abzuholen. Die anderen Herren warten bereits im Bus. Dies ist meine Tochter Maike. Sie wird uns begleiten."

Ali war ein wenig verlegen, als er Maike die Hand schüttelte, und wich ihrem freundlichen und interessierten Blick aus. Doch seine Schüchternheit schien der jungen Frau zu gefallen. Sie blieb dicht an seiner Seite, als sie gemeinsam zu dem kleinen Reisebus gingen, der am Rande des Parkplatzes auf sie wartete. Sie wurde sogar ein wenig rot, als sie Ali aufforderte, neben ihr Platz zu nehmen.

Zwei Stunden fuhren sie dann kreuz und quer durch Frankfurt, vorbei an der Festhalle, der Börse und mit dem Fahrstuhl hoch auf den Maintower, um von dort die wunderbare Aussicht auf die ganze Stadt zu genießen. Weiter ging es danach an allen interessanten Bauwerken des Bankenviertels entlang, und zum Ufer des Mains. Zuletzt kehrten sie in einer Gaststätte in der Nähe des Römers – dem schönen, alten Frankfurter Rathaus – ein, verspeisten knusprige Schnitzel mit grüner Sauce und tranken dazu einen sauer gespritzten Apfelwein. Auch hier am Tisch saß er wieder neben der Tochter des Bürgermeisters. Mittlerweile entspannte er sich in ihrer Gesellschaft. Sie unterhielten sich angeregt miteinander und kamen von einem Thema zum nächsten.

So verging ein schöner Tag. Schnell war der Abend gekommen und die Reisegruppe wurde wieder am Hotel abgesetzt. Bevor Ali jedoch aus dem Bus aussteigen konnte, bestand Maike darauf, am nächsten Tag gemeinsam einen Einkaufsbummel zu unternehmen. Ali blieb nichts anderes übrig, als dem zuzustimmen. Wenn er ehrlich war, wollte er diesem hübschen Mädchen keinen Wunsch mehr abschlagen. Das Jobcenter musste eben warten.

Er könnte die Nacht im Bahnhof verbringen und am nächsten Morgen bereits früh wieder am Hotel sein. Um nicht aufzufallen, betrat er die Hotellobby, nachdem er dem Bürgermeister und seiner Tochter zum Abschied gewunken hatte.

Als er so in der Nähe des Eingangs wartete, dass sich der Wagen der Feldmanns entfernte, klopfte ihm von hinten jemand auf die Schulter. Es war der Empfangschef, der ihn verschwörerisch angrinste.

„*Kız çok güzel.* Sie gefällt dir wohl, die Kleine. Aber bei der hast du keine Chance. Dieser Lackaffe Keller hat ein Auge auf sie geworfen." Beim Blick in Alis Gesicht tat dieser ihm sofort leid.

„*Üzme kendini* – sei nicht traurig, Alter. Hier, deine Schlüsselkarte. Ayşe vom Housekeeping hat in den Fundsachen ein paar schicke Klamotten für dich gefunden. Nur vom Feinsten. Liegt alles in deinem Zimmer." Ali wusste nicht, was er erwidern sollte und trat verlegen von einem Bein auf das andere. Der Empfangschef drückte ihn kurz an sich.

„Bruder, wir kennen uns nicht, aber ich will dir gerne helfen. Du erinnerst mich daran, wie ich selbst vor zehn Jahren hier in die Stadt kam, um Fuß zu fassen. Und jetzt geh schlafen und mach dir keine Gedanken. Morgen ist ein neuer Tag."

Ali war hundemüde. Seine Augen brannten. Er unterdrückte Tränen der Rührung, die in ihm aufstiegen.

Frankfurt am Main

Ali hatte gut geschlafen; als er spät und erholt erwachte, sah er das schwarze Burberry-Hemd auf einem Bügel am Kleiderschrank hängen. Im Bad fand er einen edlen Kulturbeutel mit dem aufgestickten Hotellogo, in welchem sich Rasierzeug, Zahnbürste und diverse Pflegeprodukte befanden. Der hellgraue Boss-Anzug passte wie angegossen. Kaum zu glauben, was diese dummen Leute alles im Hotel vergaßen. So etwas wäre ihm nie und nimmer passiert. Die Eltern hatten ihn gelehrt, auf seine Sachen aufzupassen.

Eben, als er das Hotelzimmer verlassen wollte, klopfte es an der Tür. „Roomservice." Ein junger Ober brachte ihm ein reichhaltiges Frühstück, sogar mit Rührei und frisch gepresstem Orangensaft. Ali konnte dem Jungen noch nicht einmal ein Trinkgeld geben. „Vielen Dank."

Das und ein Lächeln waren alles, was ihm möglich war. Bevor er sich auf den Weg zu seiner Verabredung machte, steckte er sein Gewürzdöschen in die Hosentasche. Damit fühlte er sich irgendwie sicher in der Gesellschaft dieser reichen Leute.

Auf dem Weg zum Fahrstuhl begegnete er der Hausdame, die ihn wohlwollend musterte. *„Günaydın!"*

Eine Landsmännin. Übermütig drehte er sich vor ihr einmal um sich selbst, wie er das bei einer Modenschau im Einkaufszentrum von Offenbach gesehen hatte. Sie lachte ihn an und hob anerkennend beide Daumen. *„Tamam!"*, rief sie ihm hinterher.

Er dankte ihr freundlich: *„Sağol."* Als er an der Rezeption vorbeikam, winkte ihn der Portier zu sich heran.

„Ich habe einen Umschlag für Sie, Herr Günay." Ali nahm diesen dankend entgegen und setzte sich in einen der Sessel in der Lobby. Er entnahm dem Umschlag eine Nachricht vom Empfangschef und einen Fünfzig-Euro-Schein.

„Lieber Ali, tue mir den Gefallen und gib der Kleinen heute einen aus. Der Schein ist ein Trinkgeld von diesem

schmierigen Gottfried Keller. Er hat ihn mir gestern, im Beisein all seiner reichen Freunde, vor die Füße geworfen, so dass ich mich praktisch vor ihm verbeugen musste. Diese Ratte."

In dem Moment betrat Maike die Hotelhalle und als sie Ali erblickte, röteten sich ihre Wangen. Sie umarmte ihn sanft. Ihr Parfum roch wunderbar.

„Hi, Ali. Wollen wir los? Lass uns ein wenig bummeln gehen auf der Zeil. Meinen Vater treffen wir später zum Mittagessen."

Sie fuhren mit dem Chauffeur der Feldmanns bis zur Hauptwache und schlenderten von dort aus durch die berühmte Frankfurter Einkaufsstraße. Mit ganz anderen Augen besah er sich heute die Stadt, die seine neue Heimat werden sollte. Das Gewimmel der überwiegend gut gekleideten Menschen war ungewohnt für ihn, außerdem fühlte er sich unsicher an der Seite dieser reichen, jungen Frau. Die jedoch hakte ihn kurzerhand unter und zusammen betraten sie einige der teuren Geschäfte in der Goethestraße, in welchen sie – wie eine alte Bekannte – mit Namen begrüßt wurde. Verstohlen blickte er auf die

Preisschilder und faltete den mickrigen Geldschein in seiner Hosentasche ganz klein zusammen.

Draußen betrachtete er interessiert die schönen Fassaden und als sie langsam *die Fressgass'* entlang schlenderten, schaute er nach den vielen Restaurants und Weinstuben. Vielleicht würde er dort einen Job finden. An einem Weinstand blieb er stehen.

„Möchtest du etwas trinken, ich lade dich ein."

Sie nickte mit einem bezaubernden Lächeln.

„Ali ...?" Wie lange hatte er sie wohl angestarrt?

„Entschuldige bitte ...", stammelte er und bestellte zwei Gläser Aperol Sprizz. Er konnte seine Augen kaum von ihr abwenden. Sie erzählte mit ihrer wohlklingenden Stimme viel von sich, ihrem Leben, dem Studium der Musikwissenschaften an der Goethe-Universität, und er hörte gerne zu.

Alles das kam ihm plötzlich so unwirklich vor, und er glaubte fast, wie durch einen Zauber in einer besseren Welt gelandet zu sein. In ihm meldete sich das schlechte Gewissen. Er sollte Maike besser sagen, wer er in Wirklichkeit war; dass er ihr nichts bieten konnte. Fünfunddreißig Euro hatte Ali noch. Dann war Ende im Gelände. Dieses Mädchen war eindeutig eine Nummer zu groß für ihn. Er sollte wieder an sein Ziel denken: Arbeit finden in Frankfurt. Vielleicht könnte er im „Hessischen Hof" nach einem Job fragen.

Er liebte diese Stadt bereits; so alt, so modern. Oder war es eventuell gar nicht die *Stadt*, die sein Herz schneller schlagen ließ? Vor sich sah Ali sein Glück und den Genuss, verbunden mit Schuldgefühlen – hinter ihm lagen Pech und Armut, dafür aber ein gutes Gewissen.

Gerade, als er ansetzte, um sich Maike anzuvertrauen, fiel diese einem Mann um den Hals.

„Papa!"

Der Bürgermeister lachte. „Na, ihr beiden. Hattet ihr einen schönen Vormittag?"

Er klopfte Ali freundschaftlich auf die Schulter.

„Junger Freund, ich hoffe, meine Tochter hat Sie nicht zu sehr beansprucht."

Maike boxte ihrem Vater in die Seite. „Aber Papa, wir haben uns prima unterhalten."

Der Bürgermeister blickte stolz auf sein hübsches Kind. „Kommt, ihr zwei! Ich lade euch zum Essen ein."

Ali widersprach: „Nein, *ich* lade *Sie* ein."

Er hatte im Vorbeigehen die Metzgerei Ebert gesehen. Dorthin führte er seine Gäste nun und ließ sie auf den Holzbänken vor dem Geschäft in der Fressgasse Platz nehmen. Trotz winterlicher Kälte konnte man dank der Heizstrahler dort gemütlich sitzen. Dann holte Ali drei große Schüsseln mit Kartoffelsuppe, reichlich Wursteinlage und dazu dicke Scheiben frisches, knuspriges Bauernbrot. Dem verdutzten Blick des Bürgermeisters begegnete er mit einem Lächeln.

„Die Suppen hier sind ein Geheimtipp – und auch ohne mein Spezialgewürz unübertroffen." Alle drei aßen mit großem Appetit und Herr Feldmann war voll des Lobes über diese *Spezialität*. Nach dem Essen verabschiedete sich der Bürgermeister.

„Ich muss zurück ins Büro. Nimm dir nachher ein Taxi, Maike." Zu Ali gewandt fragte er:

„Was halten Sie denn heute von einem gemütlichen Männerabend? Sagen wir, so gegen 18 Uhr!" Er gab seiner Tochter einen Kuss und ohne eine Antwort von Ali abzuwarten, eilte er in Richtung seines Wagens, in dem der Chauffeur bereits wartete.

Nachdem Maike und Ali noch eine Weile durch die Stadt flaniert waren, trennten sich ihre Wege. Während sie mit dem Taxi nach Hause fuhr, ging er zu Fuß zurück zum Hotel. Er hatte noch vierzehn Euro, die wollte er sich lieber aufsparen.

Am Abend wurde er vom Hotel abgeholt; man wollte ins Spielcasino fahren. Bei den Fundsachen war auch eine Krawatte gewesen. Gut, dass er die umgebunden hatte. Im Casino setzte Ali seine letzten Euro und ... gewann. Eine kleine Glückssträhne beim Poker ließ ihn einen stattlichen Betrag einstreichen. Er könnte dem Empfangschef etwas geben und vielleicht für ein paar Tage in einer billigen Pension unterkommen, bis er einen Job hatte. Doch irgendwie war der Übermut in ihn gefahren. Tag für Tag veränderte er sich wie ein unfertiges Gemälde, das mit jedem neuen Pinselstrich immer bunter wird. Er passte sich an und kaufte sogar ein neues Hemd. Außerdem ging ihm Maike nicht aus dem Kopf. Ali war verliebt, obwohl er wusste, wie vergeblich das sein würde. Sein schlechtes Gewissen raubte ihm den Schlaf.

Das stete Bedürfnis, etwas Besonderes darzustellen, wenn auch nur in Bezug auf seine Kleidung, hatte ihn in diese Situation gebracht. Er musste eine Ausrede finden, um sich verabschieden zu können. Wäre er erst in der Gastronomie tätig, gäbe es keine Berührungspunkte mehr und er würde diesen reichen Leuten niemals wieder begegnen. Und wenn doch, dann wäre er ihnen zu Diensten. Er wollte ein gutes Andenken hinterlassen und sich ernsthaft seinem Beruf widmen. Vielleicht wäre es sogar besser, wenn er in eine andere Stadt zöge. Weg von Frankfurt, weg aus Hessen sogar.

Wieder zurück im Hessischen Hof ging er sofort zum Empfangschef, um ihm seine fünfzig Euro zurückzugeben. Dieser begrüßte ihn ungeduldig.

„Hah, Ali, ich habe schon auf dich gewartet. Komm, du musst mir helfen!" Selbstverständlich würde er helfen. Nun könnte er sich bei seinem Freund revanchieren.

„Ali, hör zu! Unser Spüler hatte einen Unfall. Wir brauchen dringend jemanden. Ich weiß, es ist nicht das, was du suchst, aber du könntest hier in einem der Personalzimmer wohnen. Nur für ein paar Tage, vielleicht Wochen. *Ne dersin?*"

Der junge Imbissverkäufer zögerte keinen Moment. „*Evet*, ich mache es."

Der Empfangschef drückte ihn erfreut an sich. „Super, komm ich bringe dich sofort runter in die Hotelküche."

In Alis Kopf überstürzten sich die Gedanken: Ich kann hierbleiben und verdiene etwas Geld. Ich kann mich weiter mit Maike treffen. Irgendwann werde ich ihr alles sagen."

Ein schönes Paar

So waren drei Wochen vergangen, in denen er bei der Arbeit sein Bestes gegeben und sich an fast jedem Nachmittag in der Pause sowie an seinen freien Tagen mit Maike getroffen hatte. Oft kochten sie zusammen in der kleinen Einliegerwohnung, die sie in ihrem Elternhaus bewohnte. Die offensichtliche Zuneigung der schönen, jungen Frau war schon einigen aus dem Freundeskreis aufgefallen. Auch im Hotel wurde bereits darüber gesprochen. Doch zwischen ihnen war noch nichts passiert. Die wie zufälligen, flüchtigen Berührungen wurden jedoch häufiger. Wie gerne würde er sie in den Arm nehmen und küssen. Doch er war ja, im Gegensatz zu ihr, ein Nichts. Außerdem war da noch dieser Gottfried, von dem Ali noch immer nicht wusste, welche Rolle er spielte.

An zwei Abenden waren sie wieder im Kreise der jungen Reichen ins Casino gefahren, und Ali hatte beide Male eine nette Summe gewonnen. Auf einem Flohmarkt, der immer samstags am Mainufer stattfand, kaufte er einen schmalen, goldenen Ring mit einer winzigen Süßwasserperle. Den wollte er Maike zum Abschied schenken. Wenn sie schon kein Paar sein konnten, sollte sie wenigstens ein Andenken an ihn behalten. Es war bald an der Zeit, weiterzuziehen. Der erkrankte Kollege würde in wenigen Tagen wieder arbeiten können. Ali sah beim besten Willen keinen Weg für eine gemeinsame Zukunft.

Die Nachricht über den geplanten Abschied *aus beruflichen Gründen* teilte er der Familie des Bürgermeisters eines Abends mit. Gerade hatten sie dort mit Freunden zu Abend gegessen, bei dem die Gastgeberin, wieder zur Freude aller, um sein „Spezialgewürz" gebeten hatte. Ali erzählte eine erfundene Geschichte und fühlte sich schlecht dabei. Maike wurde ganz still und wich seinem Blick aus. Herr und Frau Feldmann bedauerten den bevorstehenden Abschied. Einzig Gottfried, der Maike niemals eine Sekunde aus den Augen ließ, wenn sie gemeinsam etwas unternahmen, grinste hämisch in sein Weinglas.

Als Ali über die Terrasse in den Garten trat, um eine Zigarette zu rauchen und nebenher ein bisschen frische Luft zu schnappen, hörte er nach einer Weile Schritte hinter sich. Er drehte sich um und erblickte seine Liebste, die nun dicht vor ihm stand. Wortlos nahmen sie sich in die Arme. Maike schluchzte und bat ihn, zu bleiben, worauf er sie fest und tröstend an sich drückte. Ali konnte und wollte nicht mehr klar denken, in diesem Moment war er einfach nur glücklich. Endlich. Sein Herz war voller Liebe für dieses süße Mädchen, das nun sogar seinen Ring trug. Eine ganze Weile blieben sie so stehen und hielten sich einfach fest. Ein paar gemeinsame Tage blieben ihnen ja noch. Arm in Arm kehrten beide dann ins Haus zurück, und Maikes Eltern lächelten sich wissend an. Es war so offensichtlich gewesen, dass die beiden ineinander verliebt waren.

Gottfried hatte sich inzwischen unter einem Vorwand verabschiedet. Er war wütend. Dieser Kanake wollte ihm seine Freundin ausspannen. Das würde man aber noch sehen.

Im Stadion

Um diese Zeit sollte ein Benefizspiel zweier Fußballmannschaften ausgetragen werden. Gottfried Keller hatte einige Tage geschäftlich in Offenbach zu tun gehabt und Ali war froh, ihn eine Weile nicht sehen zu müssen. Pünktlich zum besagten Fußballspiel tauchte er jedoch wieder auf und wich Maike mit seiner schmierigen Art nicht von der Seite.

Da der Bürgermeister und seine Familie offiziell als Ehrengäste eingeladen waren, fuhren eines Samstagnachmittags die Feldmanns mit Tochter Maike, Ali und einigen guten Freunden, unter ihnen auch Gottfried, mit mehreren Limousinen an das andere Mainufer zur Commerzbank-Arena. Dort würde für einen guten Zweck die Partie zwischen Kickers Offenbach und Eintracht Frankfurt ausgetragen werden. Rund um das Stadion war schon eine Menge los und Scharen von Fans pilgerten in Richtung der Tribünen. Busse aus beiden Städten entließen rot-weiße und schwarz-rote Menschentrauben. Feldmanns und ihre Eskorte konnten direkt am Sicherheitspersonal vorbei ins Parkhaus fahren. Von dort wurden sie unmittelbar in den V.I.P.-Bereich geleitet.

Ali überlegte fieberhaft, wie er sich wohl korrekt verhalten müsse. Als Offenbacher war er natürlich Fan der Kickers. Durfte er das zeigen? Niemals würde er ein Tor der elenden Frankfurter bejubeln – niemals! Man reichte ihnen schwarz-rote Schals. Er tat, als würde er es nicht mitbekommen, doch Maike legte ihm liebevoll einen um den Hals und zog Ali dabei kurz nah an sich heran. Es schüttelte ihn fast, doch ihr zuliebe behielt er den Fanschal an. Bis zum Beginn des Spiels war noch reichlich Zeit und die Gesellschaft stärkte sich an einem üppigen, kalten Buffet.

„Das hätten Sie sicher besser hinbekommen, junger Freund", rief Maikes Vater lachend und klopfte Ali auf die Schulter. Dann nahm man Platz auf der Tribüne. Bereits kurz nach dem Anpfiff war klar, wer das Spiel gewinnen würde. Offenbach hatte keine Chance und bei jedem Torjubel gegen seinen Verein zog sich Alis Herz ein wenig zusammen. Maike fiel ihm insgesamt viermal jubelnd um den Hals, was ihn zwar etwas entschädigte, doch er litt bitter mit *seiner* Mannschaft.

In der Halbzeitpause betraten einige Journalisten die Loge und Herr Feldmann stellte den neuen Freund seiner

Tochter stolz als Sternekoch vor. Ali beantwortete an ihn gestellte Fragen nur einsilbig und sehnte den Beginn der zweiten Halbzeit herbei.

Unmittelbar nach dem Abpfiff der Partie wurde die ganze Gruppe von uniformierten Sicherheitsleuten zum Spielfeldrand geführt. Von hier aus wirkte das Stadion riesig und Ali umklammerte fest Maikes Hand. Auf dem Weg hinunter von der Tribüne war er einmal von Gottfried so stark angerempelt worden, dass er fast auf der Treppe gestürzt wäre. Dieser entschuldigte sich auf derart übertriebene Art und Weise, dass Ali sicher war, absichtlich gestoßen worden zu sein.

Wenn wir beide alleine wären, würde dir dein falsches Grinsen schon vergehen, du dreckiger Affe, dachte er bei sich.

Blamage

Nach einer kurzen Rede des Bürgermeisters überreichte dieser der Siegermannschaft einen riesigen, goldfarbenen Pokal. Vertreter verschiedener Fanclubs beider Mannschaften schenkten sich gegenseitig Wimpel, Schals und andere Geschenke.

Ali wurde blass, als er seinen ehemaligen Chef Adem und dessen besten Freund Nick, den Vorsitzenden des Fanclubs Hometown, erblickte. Wie oft hatten sie nach Heimspielen in Offenbach zusammen gefeiert. Nun stand er hier, verkleidet als Eintracht-Fan, und wollte vor Scham am liebsten im Boden versinken. Ob sie ihn in dem Menschengewimmel erkennen würden? Ob sie ihn bloßstellten? Er zog sich vorsichtig in die hinteren Reihen zurück und vermied es, irgendjemanden anzuschauen.

Maike war besorgt: „Was ist denn? Geht es dir nicht gut?"

Er versuchte ein Lächeln. „Geht schon, ich muss mich wohl mal hinsetzen."

Maike umarmte ihn liebevoll und gab ihm einen Kuss. „Gleich fahren wir alle noch zu einem Empfang hier im Lindner Hotel. Dort gibt es immer typische Frankfurter Spezialitäten und leckeren Apfelwein. Danach geht es dir wieder besser.

Die Gesellschaft traf sich wieder an den Limousinen und fuhr gemeinsam die recht kurze Strecke zum Parkplatz des Lindner Hotels. Der Bankettsaal war schon vorbereitet und in den Farben der Vereine geschmückt. Auch die Spieler beider Mannschaften trafen ein.

Es gab ein hervorragendes, typisch hessisches Menü, beginnend mit einer deftigen Brotsuppe, in der kross gebratene Scheiben von *Rindsworscht* schwammen. Danach Tafelspitz in grüner Sauce mit Schepperlingen, einer Spezialität aus frischen Kartoffeln, und zum Dessert einen mächtigen Frankfurter Kranz, gefüllt mit luftiger Buttercreme. Ali zwang sich, trotz völliger Appetitlosigkeit, zu essen.

Seine alten Bekannten aus Offenbach saßen nicht weit entfernt und prosteten sich lachend mit Apfelwein zu. Ihm selbst blieben die Bissen fast im Halse stecken. Nach dem Essen wurden noch ein paar Reden gehalten und die

Offenbacher erwiesen sich aufgrund des guten Zwecks der Veranstaltung als ehrenwerte Verlierer. Ali verließ den Saal zusammen mit Maike, um auf der Terrasse eine Zigarette zu rauchen.

Als sie zurückkehrten, stand Gottfried mit wissendem Gesichtsausdruck an ihrem Tisch – in seiner Begleitung Nick mit Alis ehemaligem Chef und weitere Hometown-Mitglieder. Als hätten sie sich nie aus den Augen verloren, umarmten die Offenbacher *ihren* Ali herzlich. Adem nahm ihm den Eintracht-Schal ab und ließ diesen mit spitzen Fingern angewidert auf den Boden fallen. Dann zogen die Männer Ali ein komplettes Offenbacher Fanclub-Outfit an und ernannten ihren „guten alten Freund aus dem Imbissgrill" feierlich zum Ehrenmitglied auf Lebenszeit.

Ali war wie erstarrt und ließ alles wehrlos über sich ergehen. Familie Feldmann wurde über Alis Herkunft aufgeklärt, indem Adem diesem lautstark seinen alten Job wieder anbot:

„Alter, ich habe den Laden wieder aufgemacht, doch die Kunden vermissen ihren *dönerci*. Du warst der Beste, den ich je hatte. *Döner macht schöner*, die alten Sprüche

… Ali, du musst zurückkommen in meinen Imbiss, ich zahle auch mehr, okay? Dieses Frankfurt hier ist doch Scheiße."

Nach Adems Monolog herrschte um Ali herum eisige Stille. Er blickte zu Maike, die mit aufgerissenen Augen und offenem Mund fassungslos dastand; dahinter ihre Eltern, ebenso baff und sprachlos. Dann löste sich seine Starre und Ali erblickte Gottfried, der ihn hochmütig lächelnd ansah und eine finale Geste machte, indem er mit dem Zeigefinger quer an seinem Hals entlang fuhr.

Alis Flucht

Ali ging – stumm, mit gesenktem Kopf, wie verprügelt, langsam durch die Menschenmenge in Richtung des Ausgangs. Einfach nur weg hier! Er ging wie mechanisch weiter, raus aus dem Hotel, über den Parkplatz zur Straße und diese entlang. Seine Jacke hatte er nicht mitgenommen. Gekleidet noch in den Farben von Kickers Offenbach ging er einfach fort. Tränen liefen ihm übers Gesicht und er fühlte sich so schlecht wie noch nie zuvor in seinem ganzen Leben. Er weinte um seine große Liebe, die er verloren hatte, und um seine Chance, die nun, weil er aus Feigheit geschwiegen hatte, vertan war.

Maike hatte sich inzwischen gefasst. Sie saß am Tisch im Gespräch mit ihren Eltern (der Bürgermeister hatte sich erst einmal einen doppelten Schnaps bestellt), als Gottfried sich zu ihr setzte. Er legte einen Arm um sie und beschwor sie, diesen türkischen Möchtegern, diesen Blender und Betrüger so schnell wie möglich zu vergessen, der ihr nur Leid angetan und ihre Naivität schamlos ausgenutzt hätte.

Maike schob Gottfried weg, stand wortlos auf, zog sich Alis Jacke über, die ihr viel zu groß war, und verließ den Raum und ebenfalls das Hotel. Auf dem Parkplatz eilte sie zum Wagen ihres Vaters. Der Chauffeur stieg sofort aus, und hielt ihr wiederum zum Einsteigen die Wagentür auf.

„In welche Richtung ist er gegangen?", fragte sie den Fahrer. „Bitte fahren Sie ihm hinterher."

Sie fuhren langsam die Straße entlang und hielten Ausschau nach Ali. Es waren noch zahlreiche Fans unterwegs, hier in der Nähe des Stadions.

„Ich muss mit ihm sprechen. Ich muss!", murmelte sie vor sich hin und zappelte dabei sichtlich aufgeregt auf ihrem Sitz herum. Dann erblickte sie ihren Freund am Rande der Otto-Fleck-Schneise und bat den Fahrer, zu halten.

Maikes Herz pochte rasend schnell und unzählige Gedanken wirbelten ihr durch den Kopf. Sein Verhalten ihr gegenüber hatte so echt gewirkt. War seine höfliche Zurückhaltung nur vorgespielt? Sollte das alles Berechnung gewesen sein?

Hatte er selbst eigentlich jemals behauptet, ein Sternekoch zu sein? Liebte er sie wirklich?

Alles, was sie jetzt wollte, war Klarheit.

Die Aussprache

Ali marschierte indessen weiter mit gesenktem Kopf, als er spürte, wie sich von hinten eine kleine, warme Hand in seine schob. Schweigend gingen Maike und er eine Weile nebeneinander her.

„Verzeih mir bitte", waren dann die einzigen Worte, die er wie ein Mantra immer wieder sprach.

Maike hakte Ali unter und führte ihn zum Wagen, der ihnen langsam gefolgt war.

„Bitte fahren Sie uns zu mir nach Hause." Sie stiegen ein und ließen sich zum Haus der Feldmanns bringen. Dort konnten sie sich aussprechen. Maike holte eine Flasche Wein und zwei Gläser und sie setzten sich einander gegenüber an den Küchentisch. Sie schenkte großzügig ein.

„Was willst du eigentlich von mir?", fragte Maike schließlich und schaute ihm direkt in die Augen. Ali senkte den Blick.

„Dich. Alles. Aber ich bin nicht der, für den ihr mich gehalten habt. Ich gehöre nicht zu euch."

Dann erzählte er ihr seine ganze Geschichte. Wie er den Job verloren und ihn der Chauffeur von *Ein Sternekoch reist durch Deutschland* auf der Straße aufgelesen hatte.

„So fing alles an. Im Hotel hielten mich alle für diesen berühmten Güngörmüş. Ich wollte einfach nicht unhöflich sein. Später lernte ich dich kennen und war sofort bis über beide Ohren verliebt, aber niemals hättest du einen Imbissverkäufer genommen. Ich kam aus der ganzen Sache einfach nicht mehr raus."

Maike lachte. „*Döner macht schöner*, ernsthaft?" Dann küsste sie ihn über den Tisch hinweg.

Sie hörten nach einer Weile, dass die Eltern nach Hause zurückgekehrt waren. Maike stand auf:

„Komm, Ali. Da musst du jetzt durch."

Sie gingen hinüber zum Haupthaus. Ali bat die Feldmanns ebenfalls um Verzeihung und erzählte ihnen seine Geschichte. Wie er als Kind mit seinen Eltern aus Anatolien gekommen war. Wie die Günays sich integrierten und versuchten, Fuß zu fassen.

„Meine Eltern sind vor zwei Jahren als Rentner in die Türkei zurückgegangen und ich hatte den Job im Imbiss. Alles lief gut, bis zu Adems Insolvenz. Ich wollte in Frankfurt neu anfangen. Mit nichts als dem Gewürz, das meine Mutter mir in jedes, aber auch wirklich jedes ihrer Päckchen steckt. Dumme Idee ..."

Feldmanns mussten eingestehen, dass sie durch das ewige *Sternekoch-Gewürz-Spiel* ihm keine Gelegenheit gegeben hatten, sich zu erklären. Sie hätten es gar nicht hören wollen, so sehr waren sie davon angetan gewesen, einen weltberühmten Koch zu ihren Freunden zählen zu können.

Sie sprachen sich aus und Ali übernachtete schließlich völlig erschöpft im Gästezimmer der Feldmanns. Am nächsten Morgen wollte man weitersehen.

Maike und Ali

Die Tochter des Bürgermeisters wusste indessen genau, was sie wollte. Als Ali und sie sich am nächsten Morgen beim Frühstück gegenüber saßen, teilte sie ihm ihre Pläne mit:

„Wir fahren nach Offenbach. Ich will wissen, wo und wie du lebst. Und deine Freunde sollen sehen, dass wir zusammen sind. Deine Familie will ich auch bald kennenlernen. Du findest einen Job, den du magst. Und wenn du nach Offenbach in die Dönerbude zurückgehen möchtest, dann komme ich mit. Ich liebe dich, Ali *Gün-wie-auch-immer*."

Happy End

Inzwischen arbeitet Ali als Beikoch mit guten Aufstiegschancen in der Küche des Hotels „Hessischer Hof". Dort, wo seine *Karriere* als *Sternekoch* begann.

Er und Maike sind glücklich zusammen und genießen das Leben in der schönen Stadt Frankfurt mit seinen und ihren Freunden. Feldmanns haben Ali in ihr Herz geschlossen.

Gottfried Keller nimmt nicht mehr an gemeinsamen Unternehmungen der Clique teil.

Ein Mann muss wissen, wann er verloren hat.

Wörterbuch

Adın ne?	Wie heißt du?
Apfelwein gespritzt	sauer – mit Sprudelwasser
	süß – mit Limonade
arkadaş	Freund
arkadaşım	mein Freund
Benim adım ...	Ich heiße ...
Digestif	Schnaps nach dem Essen
dönerci	Dönerverkäufer
evet	ja
flanieren	bummeln; spazieren gehen
Günaydın	Guten Morgen
Hah	Na endlich
Kız çok güzel.	Sie ist sehr hübsch.
Ne dersin?	Was hältst du davon?
Rindsworscht	hessisch: Rindswurst
sağol	danke (dir)
tamam	in Ordnung
Üzme kendini.	Sei nicht traurig.